KB110030

종다리 마음

형상시인선 31 곽태조 시집

종다리 마음

인쇄 | 2021년 3월 25일
발행 | 2021년 3월 31일

글쓴이 | 곽태조
펴낸이 | 장호병
펴낸곳 | 북랜드
　　　　06252 서울 강남구 강남대로 320, 황화빌딩 1108호
　　　　대표전화 (02)732-4574, (053)252-9114
　　　　팩시밀리 (02)734-4574, (053)252-9334
　　　　등록일 | 1999년 11월 11일
　　　　등록번호 | 제13-615호
　　　　홈페이지 | www.bookland.co.kr
　　　　이-메일 | bookland@hanmail.net

책임편집 | 김인옥
교　　열 | 배성숙 전은경

ⓒ 곽태조, 2021, Printed in Korea
저자와의 협의하에 인지를 생략합니다.

ISBN 978-89-7787-985-0 03810
ISBN 978-89-7787-986-7 05810 (E-book)

값 10,000원

이 책의 제작비 일부는 한국예술인복지재단
창작지원금으로 충당되었습니다.

형상시인선 31

종다리 마음

곽태조 시집

북랜드

머리말

배운 시 씨를 심전에 뿌리니
꽃 잎 줄기 서로 앞서
기다리던 머리에 그림 새긴다
해와 달이 어울리는 이십사 절기에
정과 흥이 넘치는 형상어를 찾아
오가는 구름에 비춰 보았다
고운 마음에 봄꽃이 피니
모두가 좋아하는
한가위를 맞이하고
솟을대문이 평이해지고 있다

2021년 봄날

곽태조

차례

• 머리말

1

<table>
<tr><td colspan="3">EEEEE</td></tr>
</table>

2

3

4

| 해설 | 박윤배

1

가마솥

헛간에 퇴출된 가마솥

이마의 땀을 닦는 어머니다

나무주걱 들어가서
휘이휘이 울렁거리는 순두부
줄 세우던 양푼이

장작불을 오래 지펴놓으면
누런 호박조청이
끈적끈적 손짓한다

나를 키운 건 누룽지 새참
보리숭늉은 들어간 배꼽을 불러냈다

나를 지키고 있는
내가 지키고 있는

투박하고 검은 가마솥은
어머니 젖가슴 같다

국시 꼬랑댕이

칼국시 판이 얇아져 썰리게 될 때
얇은 국시 꼬랑댕이
남기를 기다리는 마음
턱을 손바닥에 올리고
홍두깨에 눈을 모은다

할머니 생일에 술 밥상 다음
국시가 차지한다
온 가족이 국시발 되시기를 손 모은다
저쪽에서 손님 모두가 후르륵 한마음이다

옆집 잔치에
동네 멍석 모으는 날
신랑신부 긴 국시발에 동여매듯
오복五福 비는 소리
어른 아이 후르륵 후르륵

어데 숨었는지
아직도 찾을 수 없는
국시 꼬랑댕이

그 상추

땡볕에도 상추는 제 크기 자랑하느라
내 허리까지 자라곤 했다

잎을 따내면 흐르던 하얀 즙

누런 된장에 상추쌈 먹고
잠들던 아이가 어른 앞에서 눈 흘길까
조심조심 입 벌리던 그 아이가
어느새 쑥쑥 자라
두레박으로 퍼 올린 물 앞에서
등목을 한다

푸른 등 적시는 바가지 물줄기에도
눈 한 번 껌벅이지 않던 상추가 키워낸
고향의 아이들은 모두
세파의 밭고랑 뒤척이며 잘 살고 있을까

16

땡볕 쨍쨍한 날은
낮잠 속으로 불러들여
방죽 넘어 물고기 잡으러나 가볼까

그만하시라는 옛날이야기

죽도 세끼 못 먹어
부황난 사람을 본 적 있다 했고
너는 춘궁기 찐보리
덜 대낀 밥도
배부르게 못 먹었다 했다

삼베 보자기 덮은 대소쿠리 꽁보리밥
여름 찬물에 말아
된장에 풋고추 찍어 먹고
누가 뀐 구린 내에
서로 쳐다보고 웃었다 했지

초가을 급히 베어 만든 찐쌀
방귀 질나자 보리 양식 떨어진다는 건
가을 들판을 두고 하는 말이었지
조밥 기장 배추뿌리 물김치
주린 배를 채웠다 했지

피자 통닭 시켜주어도
봄날 입맛 없다며 밀쳐내는 손자 녀석
이제 옛날이야기는
그만하시라는 듯

먹지 않고도 배부르다 한다

꾸중

아무에게나 들을 수 없는 그 말
너는 그렇게 바쁘나
건네는 님의 그 말은
보고 싶었다는 말

만날 때마다
너는 그렇게 바쁘나
어제의 그 말은
그건 사랑하고 있었다는 말

헤어질 때 하는 말도
너는 그렇게 바쁘나
나는 고개 숙이지만
이마에 손을 얹겠다는 말

알고 보면 다시 듣고 싶은
너는 그렇게 바쁘나

꾸중 같은 그 말
오래오래 머리에 맴도는 그 말

참말로 바빴습니다
그렇게 말입니다

활짝 핀 꽃

매끈한 몸매의 화분에
예쁘게 그림까지 그려진 화분에
엄마 품 같은 흙을 껴안은 화분에
부어주는 물을 마시고

뿌리는 아래로만 파고드는 화분에
한입에 다 먹을 수 없는 햇살
더 받아먹으려고 싹트는 화분에
매단 이름을 더 잘 보이라고

줄기가 뒤꿈치 들어 올리는 화분에
자고 나면 물끄러미 나를 바라보는
폭넓은 화분에
노랫소리 웃음소리

모두의 마음을 담아

덕德이라는 꽃 한 송이 활짝 피어
어둡던 나의 베란다는
밝아졌다

종다리 마음

바람 되고 싶은 내 마음을
청보리밭 위로
띄우고 싶다

몸을 떠나 종다리로 떠도는 마음이
새벽녘 선운사 풍경 소리 듣다가
공양간 보살 졸던 고개 들 때
마지막 남은 동백꽃에 부리를 묻고
공양드리고 싶다

먼 바람 소리도 잘 들리는 소녀의 귀에
책갈피 넘기는 소리
들려주고 싶다

푸른 구름 업고 고개 넘을 때
눈비 골고루 뿌리게 하여
잠든 개구리

깨우고 싶다

센 물결에 이랑 만든 4대강
캄캄한 수초의 대궁 흔들어
깊은 시름 줄줄이
지저귀고 싶다

호박 같다는 말

폭 좁은 담장 위에도
경사진 밭둑에도
힘차게 뻗어가는 넝쿨
송이 다른 암수 꽃은
서로 눈길로 줄을 걸어
벌 나비 건너 다닌다

줄기 따라 넓게 핀 잎은
콩가루에 묻히면 국이 되고
숟가락의 별을 싸면 쌈이 된다

활짝 입을 열면 꿀단지
암꽃의 볼록한 배를
만지던 벌은 달라붙은 꽃가루에
엉덩이가 무겁다

호박 같다는 말은 할아버지들 모인 자리

할머니를 두고 장난치는 말

알고 보면 팔방미인으로 통해서
나무랄 데 하나 없어
무심코 던지는 말

화롯불

언 두 손 밖에서 데려와
놋쇠 화롯불에 비벼대면
저릿저릿 손바닥에
새벽별 뜬다

호랑이 발톱에 숨 고르는 문풍지로
잿불에서 꺼내어진 할머니 옛이야기는
손가락이 뜨거운 줄 모르고 얼른 뒤집는
고구마였다

우리는 할머니 담뱃대에
당겨드리는 부싯돌에서
손주 사랑 구수한 냄새가 풍겨나서
밤새 방을 지키다 남은 불씨
아침 부엌 불쏘시개가 되었다

라이터 전기난로 도시가스보다

놋쇠 화로와 부삽은
춥기만 했던 내 겨울에
더 큰 그리움이 되었다

생각만 해도 뜨거운 얼굴
할머니 놋쇠 화로에 담기던 알불은
이리저리 헤집어야 보이는 별
잿빛 하늘은 그날의 질화로다

개미

아침 일찍 일어난 개미가
구멍에서 모래를 퍼내고 있다
주먹 크기의 무더기다
비가 올 것을 알아
물길을 돌리고 있는 것일까

개미가 가는 뒤를
따라가 보면
아침 곳간을 연 개미는
제 몸보다 더 큰 먹이를 굴린다

혼자서 힘이 부치면
다른 개미를 불러
앞에서 당기며 뒤에서 민다

허리가 없는 저 개미의 힘은
어디서 나오는 것일까

어둠 속에서 얼마나 다이어트를 한 것일까

아침 되면 구멍 밖으로 나온 개미들
감독이 없어도 일거리를 찾아다닌다

서로의 일 간섭도 없이
장마를 아는지
큰 밥덩이 굴린다

새벽 종소리

한 번 치면 한 번 울리고
여리게 치면 여린 소리
세게 치면 큰 소리
정직한 종소리가 그립다

입에서 입으로 번지는 소리
들은 귀도 제각각
조용하게 말한 것도 떠들어대고
곱게 말해도 아니꼽살스레
바른 말도 거짓말로
새빨갛게 꾸며대는 소리

그 옛날 은은하게 울리던 새벽 종소리
사랑합시다
정직합시다
서로 도우며 삽시다
마음을 씻어주던 종소리

그립다
세상의 시끄러움 다 잠재울
새벽 그 종소리

기우제 이후

땡볕에
기지개를 펴지 못한 호박순이
시들해졌다

논바닥이 갈라지고
못물이 없어졌다
하여 우리는 기우제를 지냈다

번갯불이 우레 소리에 맞추어
억센 소나기를 퍼붓더니
졸졸 흐르던 냇물
물바다가 되었다

길목과 밭둑에
배어있던 땀의 자국들이
뒷골목 사연들과 함께
흙탕물로 굽이친다

물살을 타고 오르던
메기 가물치 잉어들이
더는 오를 계곡이 없을 그때서야
비는 멈추었다

봄날

잎보다 먼저 핀 연분홍이
봄 동산 아이들을
어미제비 입속으로
데려간다

참꽃 놀이판에서
한 묶음 담은 진달래꽃

아버지 꽃묶음 받아든
찹쌀가루 우리 어머니
오늘 저녁
꽃전 부치겠다

2

백두산

빛하늘 머리에 이고
거울 같은 천지 속에
얼굴을 씻는 산

고개 잠시 들어보니
장백산 표석이 놓여 있다

아 여기가 언제부터
중국 땅이었나
하얀 새 수건 꺼내
원통한 백두의 이마를
닦아주고 나니

천지를 가둔 산봉우리들이
사방에서 너도 나도 원통하다며
그림자를 벗는다

천지를 건너서
저 높은 조선 땅에서
백두산을 보고 싶다

계룡산 떡갈나무

철봉에 매달려 이마를 훔치는
팔팔한 백세 밑자리
두 팔의 근육 뽐내는 노익장 그늘
아름다운 자태 에어로빅 여자들
고희古稀라는 글자를
떡갈나무는 꿀꺽 삼켜 버렸다

부드럽고 힘찬 율동 남녀노소 하나 되고
배드민턴 요가 파룬따파 게이트볼 치는 소리
정자 속 노래 되어 울리니
누군가 풀어놓은 토끼는 입 샐룩샐룩
아줌마 뒤 깡충깡충 따른다

이때 아기까치 깬 선잠에
부르르 떠는 떡갈나무
조기회로 모여든 체력들
잠든 용을 흔들어 깨울 때

여의주 그늘에서 마주친 그대는 새벽 별
도토리 껍질 속에서 웃고 있다

체력으로 잇는 조기회 네 가지
에어로빅댄스 날씬한 몸매
어둠 속 별같이 주고받는 셔틀콕
계룡산 야시골 공원이 지켜주리

공원

　멀리 가다 숨어버린 그늘에서
모든 노래는 꽃으로 핀다

그 그늘을 일러 공원이라 부르면
넓은 잎사귀는 합창을 하고
비늘처럼 좁은 잎들은 제창을 하고
무리 이탈한 새가 독창을 들려줄 때
모양 다른 꽃들의 합주에
바람은 어울림을 불어 넣는다

그래서 이곳에 모인 모두는 즐겁다

벤치 모퉁이 홀로 앉은 할아버지
옛적 생각에 들릴락 말락 콧노래
고목 그늘 옆자리에 할머니는
눈 감고 무릎 치며 자장가를 부른다

아들 손잡고 나온 중년의 아버지는
아버지와 거닐던 어제의 이 길인 걸 알아
슬그머니 선글라스를 벗는 그늘
엄마 손잡은 나비 같은 딸아이
이 꽃 저 꽃 귀를 댄다

멀리 가다 돌아온 그늘에서
모든 꽃은 노래에 흔들린다

낙동강

대 이어 망아지 풀 뜯던 강에
어제는 포성이 휘몰아쳐서
나는 그곳에서 허우적거리던
새벽을 본 적이 있다

깜박이던 어린 눈이 머물던 거기
뗏목 보따리 곁에서
구름을 홑이불로 끌어당기고
강물에 맞닿은 별빛을
나는 건너 왔던 것

단애의 신호인가
물 끝에 세워지는 발가락에
허리끈 놓아버린 뗏목은
까마득한 별 속으로 흘러들고 말았다

포성에

소 울음이 따라오던 강

세월을 거슬러 내일로 흘러갈 강물은
물풀의 만류를 아랑곳하지 않으며
포탄이 남긴 웅덩이 안쪽까지
자국을 쓰다듬으며
그렇게 천천히 쉬다가
뒤돌아보고 있다

돌하르방

창살도 비켜갈 둥근 큰 모자에
한라봉 같은 주먹코
왕방울 닮은 눈 부릅뜬
돌하르방

조껍데기 술 한라에서 익을 때
열대 여섯 사람이
문화탐방 가서 모두 안아본
제주가 숨쉬는
돌하르방

유서 깊은 삼성혈 대성전 민속박물관에
수문장 수호신처럼 돌하르방이 서 있다

돌하르방 가슴속에는
유채들판에 나비들이 춤추고
푸른 바다에서

해녀들의 슬픈 하소곡이 담겼다
출렁이는 물결은
원양선의 뱃머리를 돌렸다
등 뒤쪽에는
유배의 아픔이 숨 쉬고 있다

돌하르방 머리 위에
새 아침 해가 솟는다

봉선화 여인

진골목 미도다방에 가면
깨끼저고리 멋스레 차려 입은
여인이 있다

곱게 치장한 손톱에서
장독대 옆 뙤약볕에 자라나
우리 가곡 첫 번으로 불리는
봉선화 살랑거린다

정답게 재잘대던 누이동생들
일제의 압박에서 숨죽이던 꽃
해방과 함께 온 누리 흔들던 꽃

아파트 물결에 장독대는 밀려났어도
연분홍 손톱은 남았다
애절한 마디가 가슴 긁어
살가운 축음기는 진골목을 돌리고

백삼십 대 인간문화재

미도다방 그 여인

봉선화 여인 되리

비슬산에서

싸리순 올 풀려 비단처럼 나부끼는
비슬산을 오른다

길옆 벼랑에 칡넝쿨 기어오르고
이름 모르는 꽃 한 송이 눈길
살며시 보러 가는데
토끼는 썩은 나무둥치 뛰어넘고
잎새에 잠든 산새 덩달아 날아간다

산새 토끼 너 잡을 내 아니다

꽃에게 말한다
아름다운 너를 꺾어 내 가슴에 갖고 싶다만
삼십육계 못 하고 기다리는 아린 마음
날고 뛰어가는 생이 아닌 겁이 만든 인연인 것

고운 너를 본 것만도 천복 얻은 나

뒤꿈치 돌리니
바람은 꽃잎을 스치고
뭉게구름 해를 벗어간다

먼먼 훗날에 한데 모여
애틋한 이 마음 노래하리라

의자의 이력

계룡산 산허리에서
동틀 때까지
혼자 누군가를 기다렸을 긴 목조의자
아카시아 향기 날릴 땐
재잘거리는 공 같은 엉덩이
우거진 그늘 아래선
수박처럼 두툼한 착한 엉덩이
풀잎 흔드는 매미 소리에
주름살 부풀리는 물찬 엉덩이
달빛 아래 나뭇가지 앙상해지면
고드름같이 딱딱한 엉덩이
그렇게 무수한 엉덩이들에 눌려
긴 목조의자 이제는
간들간들 부는 바람에
조금씩 삐걱거린다
앉아도 튼튼하라 못질하는 마음
무거워도 참아라 망치질하는 마음

그 마음 알기에 이날 이때까지
참고 지내더니, 칠 벗겨진 다리
슬슬 나이테 드러낸다
발목 후들거린다

칠보산

꼭꼭 숨겨진 일곱 보물 만나러
칠보산을 오른다

가슴이 땅에 닿아야
가파른 길 열어주는 칠보산
굽이굽이 허덕허덕 오르고 보니
하늘이 쟁반이다

동해도 쟁반이다

하늘 쟁반 물 쟁반
마주치는 곳에서 그 옛날 일곱 선녀가
풀어 놓은 치마끈
계곡물로 풀린다
목마른 백마가 꼬리 들고 마시는 물맛
여기가 칠보산이다

남몰래 숨겨둔 일곱 개의 보석 중
하나는 내 안에 숨긴
나를 찾을 때야 만나지는가

청동빛 거울로 내려온 하늘 앞에서
귀 쫑긋 세우고 이리저리 살피니
더덕 산삼 황기 돌옷 철 구리 멧돼지도 아닌
기다림을 만나러 산꼭대기 오른
그대가 칠보다

태종대

태종대를 돌아가는 유람선에서
옷 모자 얼굴까지 갈매기를 닮아가다가
나는 새우깡을 던졌다
흔들리는 손 펼치는 바다는
허기진 갈매기를 날려서
내 손끝을 삼키고 있다

그 옛날 태종 무열왕이 쏜 화살
그 빗나간 화살 하나가
가신 님 바라 애타게 부르는
내 동백섬 노래 모퉁이에
천년세월 기다리는 망부석처럼 꽂혀 있다

밀물 때 떠나 썰물 때 돌아온다 해도
물바람 삭이는 그곳에
그대로 있는 태종대는
마음 불 꺼진 모든 사람의 등대였다

바람기 젖은 손끝은 더 짭조름해졌고
드디어 당겨지는 원근의 소실점에서
소금기에 잘 절인 눈자위는 갈매기의 부리를 닮아
갔다

땀 젖은 날개 내려놓고 쉬어갈
나는 너의 바위둔덕이고 싶었다

통영 바다

통영에 가면
낮게 높게 솟아 오른 산도 바다다
둥글거나 뾰족하지만 다 바다다

그물을 매만지는 늙은 부부도
어깨를 나란히 했으므로 바다다

양손에 짐을 든 젊은이도
보따리를 이마에 얹은 부두의 아주머니도
격랑의 파도 뒤에는
다시 잔잔해지는 것이 생인 것처럼
오는 배는 즐겁고 가는 배도 서글프지만은 않다

포말에 닿은 통영에 가면
구름 아래 떠 있는 배들의 고동 소리도
파란 손짓의 바다다

반짝이는 금조개, 연약한 미역의 새싹들
말을 탄 것처럼 떼 지어 달려오는 어종이 있어
물멀미에 나래 잠시 접은
갈매기들의 보고다

홍당무 빛 아침 햇살이
섬 그림자 물결 이불 이끌어 덮을 때
눈을 열두 번 껌벅거리면
동양의 나폴리를 만날 수 있다

해 질 녘 치악산

별 모양 단풍잎으로 눈을 가리니
붉던 치악산이 컴컴하다
두 손에 지팡이 든 할아버지
발걸음 떼어놓는 비탈에서
허리 잡고 매달린 할머니는
손 안에 염주를 저녁으로 넘긴다
찌든 마음 벗어라 바람은 스치는데
염주 속으로 흘러든 계곡의 물소리는
노인의 허리를 휘돌아
할머니 손 타고 흘러든다
노인은 어느새 바위에 허리 기댄
긴 머리 아가씨에게
여기가 무릉도원이라 손짓하고 말았다
노란 새 옷 갈아입다
두 백년을 보낸 은행나무
둘러 놓인 의자에게
어둠의 엉덩이를 받쳐주라 타이른 저녁

별 모양 단풍잎으로 가렸던

눈을 여니

이번엔 땅거미가 눈앞을 지운다

공空 수제비

팔공산 갓바위 아래
집단시설지구에서 떠먹는 수제비에는
관봉석조여래좌상에 드리는 공이
단돈 삼천 원에 뭉클하다

가루를 뭉쳐 싹싹 비빈 수제비
우리 할머니 손 냄새가 반죽에 그대로 들어
나이 수만큼 먹어야
아무 탈 없이 자란다는 솔바람 설법이
귀에 쟁쟁하다

내 아랫배 불룩하게
채워지는 공
몸 안에 든 수제비는 점점 굴러가며
눈덩이처럼 커지나 보다

3

밥때

뭐니 뭐니 해도 하루 중
나는 밥때가 제일 좋았다

식탁에 올려진 수저를 보니
가지런한 웃음의 어머니
먼 길에서 돌아온 나를 기다려
차려진 밥상 그런 밥때가 나는 좋았다

칠첩 반상기 이것저것
찬은 아니어도 밥 두 그릇 국 두 그릇
간장 종지 하나 두고 형 동생 같이
먹는 밥때 그런 밥때가 나는 좋았다

살아온 모든 밥때에
아버지 어머니의
사랑의 손길이 느껴진다

늦가을의 그림자

참새 한 마리
겨울 지낼 지붕의 추녀 구멍 살핀다
홍시에 날개 접은 까치는
제 아기 찾는 소리로 우짖는다
하늘을 수놓던 고추잠자리
제비날개 강남 떠난 뒤
코스모스에 고개가 숙여졌다
찬 서리 내린 텃밭 무 배추
기지개 펴는 그곳이
담 밑 김치독이던가
밭길에 플라타너스 여름을 찬미하고
기역자 할머니 홑이불 넓게 펴
두벌 참깨 단 가슴을 열어 턴다
할아버지 휘두른 도리깨에 콩꼬투리는 춤추고
동동주 둥근 잔에 세월이 담겨 있다
기러기 떼 노래에
몸을 기대어 쉬고 있는 가을바람은
제 그림자 지워보겠다고
보리 파종을 서두른다

겨울 수채화

가을이 넘겨준 산골짜기마다
햇살 닿은 갈색 잎에서
안개는 실을 뽑아
고된 벌레의 몸을 덮는다

가슴에 품은 산 그림자가
불러들인 노을 자락에선
꿈이 보이지 않는다
어서 별이 떠야 우수수 꿈이 쏟아질 텐데

잎 내려놓은 나무들 머리 위로
빙빙 돌던 새들은 떠나고
물의 무늬를 걸러
잠 속으로 꾸역꾸역 밀려드는 안개

입동 지난 하늘에
한 점 구름 띄우고서야

가벼운 붓끝을 헹구는 나무들

나풀거리는 슬픔을 찍어 그린 풍경화
수채물감 스민 종이처럼
내 눈은 맑아졌다

가뭄

번개가 구름 타고 온다
비를 내린다
빗줄기가 세다
물을 퍼붓는 것 같다

천수답의 작물이 다 잠겼다

시냇물이 포말을 일렁이며
굽이쳐 흐르고
꼬리 힘센 잉어들
물 위로 솟는다

그놈의 비 오라 할 때 안 오고
나물 다 말라 죽으니
한꺼번에 물벼락 쳐
이래 죽이고 저래 죽이고
우에 살라고

말은 참말이지 하느님도 무정하다
등 굽은 할머니 지팡이 놓고
굽이치는 황토 물결에 부치는 말

가뭄에 시들어가는 강냉이 수염
그 곁에 허수아비는
발등이 뜨겁겠다
산 넘어 가버린 비구름 잡으러 가려 해도
외발로는 무리다

감자 이야기

삼태기에 재 담아 굴린 눈씨
소가 타놓은 밭두둑에
하늘 보고 묻은 한 쪽 한 쪽
눈 시리도록 감자꽃 피웠다

불러들인 나비가 춤추고 간 뒤
묵직한 아랫도리
찾아온 배란의 시간

손과 호미가 뿌리 밑을 더듬어
굵은 것은 따고 새알에게 북을 주면
감자는 커져서 두둑을 쩍 가르고
세상이 벌린 자루 속으로
알알이 움켜쥔 주먹손 던져 넣는다

알불 속에 묻은 감자가
쇠죽솥 아궁이를 그을릴 때

저녁의 새들은 뜨거운 목구멍으로
노을 비켜간 노간주 나무 속에 든다

청국장이나 고봉밥에 박히기 위해
배부름이 호강이라는 것을 아는 듯
손에 쥐어준 어머니의 감자는
툇마루까지 하하하 웃게 했다

거룻배 갯벌에 발목 잡히듯

썰물이 두고 간 거룻배
갯벌에 배 깔고
고단한 낮잠이다

아랫도리 벗은
매끈한 몸매 갈대 곁에서
사랑하던 썰물은 지나갔는데
멀리서 들리는 물소리 베고 누워
먼저 가신 어머니 그리는 중이다

철 따라 색다른 꽃이 피고
소나무 떡갈나무 멋있게 자라 있을
어머니 나라
어미 새의 노래도 듣고 있는지
날 선 갈매기 목청 잠든 등을
긁어도 꿈적 않는다

어쩌면 밀물 들 때를 알고 누워
저 거룻배는 지금 여유로운 것이리
갈대의 엉킨 뿌리 속에서
태아의 잠에 빠진 것이리

고향 앞산

열린 가슴 나의 영상에는
앞산이 들어 있다

바위틈에 피운 참꽃을 보며
강남 새봄을 노래하고
빨갛게 줄줄이 익은 산딸기 맛에
쑥쑥 자랐다

숲속 호랑나비 나래에
춤추는 몸짓을 배웠고
잘 익은 밀 이삭이
서리꾼 검은 입술이 되었다

장맛비 앞산 개울 넘쳐흐를 때
삼베 바짓가랑이 둥둥 걷고
바람에 찌그러진 우산 속에
학교 가는 날도 있었다

삼정승 길상의 알밤도 줍고
육판서의 상징 홍시는 입속으로
팔도관찰사 가마 타는 둥근 배

앞산은 파노라마가 담긴 화첩
슬슬 읽혀지는 자서전이다

군불

지핀 청솔 다 타오르고 나서야
새벽 문풍지 파르르 떨린다
아이의 망태 어른의 지게로
산에서 데려온 나무
해묵어 뒤안에 쌓여도
눈 비비며 태우는 군불은
청솔가지가 제격이다
꾸역꾸역 밀어 넣은 아궁이에선
타닥타닥 아버지의 눈물이
사랑으로 탄다
저녁노을 물들이는 초저녁 연기에
황토 덧바른 굴뚝은 뜨끈뜨끈
이불 속에 모여든 옛이야기들조차
발뒤꿈치 훈훈하게 달군다
춥고 서러운 길 걸어올 때마다
불끈불끈 힘이 되던 군불
요즘은 재래식 아궁이 모두 사라졌으니

나무꾼이 만들어 놓은
그날의 샛길 잡목 속에 숨어
고무신 짚신 지카다비의 애환을
날려 보내고 있다

낮잠

담장 위를 훌쩍 넘어온
꼭대기 간지러운 미루나무 그림자가
닭장 둥지 알 품듯 구름을 품어
저절로 낮달은 부풀어 올랐다

삽살개 귀 베고 눕자고 졸랐다

모녀 누운 대청마루에 와서
감나무에 붙은 매미 향해 드러내는 늙은 치아
살며시 손부채 내려놓은 나는
나무의 뿌리처럼 잠들 것이다

마당에 파놓은 작은 연못
늘어선 갈대 속에 눈감은 송사리들
통통한 아랫배 속에도 들어가 볼 것이다

낮달이 가끔 기웃거려 삐꺽거리는 봉창

제풀에 놀란 삽살개는 꼬리를 감추기도 했지만
사랑채 할아버지 목침 뒤집히는 소리는
용케도 아는 것처럼

누구도 방해하지 않을 내 낮잠은
털갈이하는 삽살개
가려운 등도 살살 긁어 주리라

복더위

머리엔 보따리
등에는 두 살배기
시골길 걸어가는
젊은 아낙네

삼베적삼 다 적신 땀
아기울음 속으로 흐르고
푸른 산그늘도 더위에 지쳐
숨어버린다

멀던 갈 길 내려놓은 자리에
징검다리 놓인다

어쩌다 만난 나무 그늘이면
질끈 묶은 띠를 풀어 두 살배기
찰방찰방 물로 씻길 때
울음 달아난 자리에

웃음 들어 앉는다

땅거미 내리기를 기다려
나 오늘 푹 쉬고 싶어
삼복더위 같이 놀던
아기 손짓에 든다

봄비의 악보

새벽 창문에 귀 대기 위해
들릴락 말락 당도한 봄비는
참 먼 길을 걸어오느라 발바닥 닳아 있다

밤샌 내 방 창에 와서
흥겨운 노랫가락 죽순처럼 젖은 발등을
헐거워진 노숙자의 소맷자락을
마른 바위 움켜쥐던 이끼의 발톱을
원망의 음계로 그려 넣으려는 듯
귓속 같은 창문에게 끊임없이 속삭인다

그러다간 이번엔
내가 그린 콩나물 악보를 넘보고
이 강산 골골에 뿌리며 꽃마법을 건다

걸어오며 본 것들을
주섬주섬 챙기기 시작하는 봄비

오선지 흐르는 저음을 구겨 던지는 창밖

움켜만 쥐려던 마음을 그만 허물라고
마른 목련의 가지에 끄덕끄덕
수긍의 몸짓을 걸어주고 있다

비가 엿듣고 간 창 가까운 쪽부터
나무의 귀는 하얗게 씻겨 있었다

삼짇날

바람도 자던
연분홍 치맛자락
두견화전 봄놀이 나온
부녀자들이 펄럭펄럭
너도 나도 나비춤을 닮아갈 때
바다 건너 들판 넘어
지지배배 돌아온 제비들
나래 옆에 겹겹이 끼고 온 박씨
등 너머 새 흥부네 집 찾아
솟구치며 노래한다
어미 배는 자꾸 불어나는데
언제 새집 지어 쉬게 할까
수제비 애탄 사랑도 지지배배
써레질 논흙 한입 입에 문 제비 부부
쉴 새 없이 논둑을 드나들어
처마 밑에 둥지를 튼다
치맛단 부푼 부녀자가

화전을 뒤집어 굽는 동안
젖어있던 제비집
절반은 말라 간다

세월

언제 봄은 어디로 가고 없는지
여느 꽃들 다 지고 난 후에
야산 비탈 찔레는
초록칠판에 그은 백묵의 빗금이다

수염 흰 할아버지 혼잣말에
검게 날리는 갓끈은 말이 없다
지붕 위 떨어진 오동꽃이 수북한 만큼
나무의 둘레는 쑥쑥 몸집을 키우는 거겠지

그러나 세월이 차곡차곡 쌓여간다는 것은
어쩔 수 없는 일이지
고향 옛 친구 얼굴도 나물 캐던 밭고랑도
살아나서 두 줄기 물 흐르던 산골짝도
옛 친구 얼굴에 주름살을 흘려 놓았지

삼베 옷고름같이 매고 달리던 산허리는

소문에 따르면 터널이 가로지른다 했지

허리는 솜 타던 활이 되어 정답게 잡은 손
책상머리 걸어둔 일력 뒷장에서
떠밀려온 어제가 오늘로 걸릴 때
잘 자거라 개똥아 어서 커라 개구쟁이
손자 업은 할머니 콧노래는
굽이 펴지지 않는 허리춤에 얹혔다

어제는 가고 없어도
아직은 째깍째깍
아주 간 것이 아니었나 보다
내일이 되어 돌아올 기쁨의 자리에서

째깍째깍 찔레는 새순을 피운다

속박되다

오뚝이 식당 덩치 큰 멍멍이
마루 밑에서 겨울 지나더니
봄 되자 대문 밖에 묶여 있다

빨강 노랑 연분홍 꽃구경
주인아줌마에게 고맙다고 꾸벅
길 가는 사람마다 힐끔힐끔
같이 가자 손짓하는 아이들도
묶인 나를 좋아한다

꽃이 피었다가 흩날리는 동안
키 크고 엉덩이 살찐 여자
콧등 어여쁜 멍멍이 끌고 가서
앞다리 번쩍 들어 올린 나는
할 일 없이
그녀를 따르고 싶어졌다

봄놀이 못 간 주인아줌마는
그날 이후 더 짧게 동여매는 내 목줄
팔자 편한 줄로 알았던 아줌마
저 산 넘어 남자와 얼른 연이 닿아야 할 텐데

팽팽하게 피었던 꽃잎은
어느새 느슨히 다 지고
꽃 지운 가지는 늘어진 꼬리처럼
자꾸 사타구니를 덮는다

숲에 안기다

숲속으로 걸어가면
눈에 띄는 것은 다 신기하고
나뭇가지가 햇살을 받아 고루 보내고 있었다
씻긴 돌 위에 등을 눕히자
푸른 잎들 마주 보고 반짝이는 나무에서
방금 내려온 새 땀 젖은 옷일랑
옹이에 걸어두라 지저귀고 있었다
나 혼자 쉬는 줄 알았던 쉼을
바위가 쉬고 나무가 쉴 때
다람쥐는 누구에게도 보여주지 않은 곡예를 위해
낙엽송 가지 끝에 꼬리를 걸고
가부좌의 자세로 거꾸로 매달려 있었다
몇백 년 지난 낙락장송 빼어난 숲
태초의 그리움을 안은 어머니 같아
포근한 가슴이 눈에 선하다
소나무 꼭대기에서
부엉이가 숲속의 운치를 보내고

아카시아꽃 지는 그늘에는
벌들이 남긴 꿀 향내 그윽하다
졸졸 흐르는 물소리는
발가락을 담그지도 않았는데
흐르는 가락만으로
지친 발바닥을 씻겨주고 있었다

오래된 관계

땀 흘리며 일한 적 없는 내가
뜨물 버무려 쇠죽 끓이는데
등짝 넓은 암소 꿀꺽꿀꺽 침 넘기는 소리 들렸다
이랴 하면 앞으로 가고
워워 가다가 서기도 한다고
소, 다 길들여진 줄 알겠지만
가끔은 소에게도 뿔로 치받고 싶은 마음
어떤 울화통의 날도 있었으리라
여물에 얹어주는 등겨 가루
때로는 콩 한 바가지면
다 치유될 것 같은 사랑은 착각
가을에 박아놓은 내 뚝심의 말뚝도
언 땅 녹는 봄날에는
슬슬 흔들려 빠지기도 할 것이다
알고 보면
내가 그대의 슬픈 인내를 본다는 것은
이제 내가 그대 말 없는 눈빛에

길들여진다는 것
끓여낸 김 오르는 쇠죽 앞에서
소는 어느새 눈빛으로 내게
어디어디, 일러일러를 가르친다
나는 코뚜레 없이도
당신의 왼쪽과 오른쪽
가려운 밭을 간다

태풍

동물들의 맑은 눈빛은
태풍을 예보하는
기상 캐스터 목소리보다 빨랐다

매미의 노랫소리가
옹이 속으로 숨어 버렸고
키 큰 황새는 새끼들을 안고
뿌리 실한 풀섶의 방에 납작 엎드렸다
아카시아 잎을 찢던 뻐꾸기는
쉰 목청을 내려놓을 때
너무 많은 가지를 품은 나무는
뒤숭숭하게 엉킨 생각들을
스스로 잘라 버리려 했다

온갖 열매들은 뒹굴고
수직을 타고 오르던 넝쿨들은 뒤로 자빠지고
원두막은 지붕이 날아가고

보이는 곳에서 일어난 형벌보다
안 보이는 곳에서 더 많았다는 것을
머지않아 우린 알게 될 것이다

늘 다른 이름으로 태풍은 그렇게 다녀간다

눈뜨지 못한 자에게 계시를 주고 간다

서로 다른 생각

목련과 동백 두 그루가
담벼락에 나란히 서서
봄날 무슨 옷 입을까, 고민이다
짙푸른 옷을 즐겨 입는 동백은
붉은 꽃 리본을 달아야겠다고 말하자
홀랑 벗고 겨울을 난 목련은
둘둘 솜이불로 온몸을 말고 싶다 한다
다 같은 추위 속에 있었을 텐데도
뾰족이 내미는 새잎의 생각은
이처럼 다르다
나도 모르고 아무도 모르는 시어를
밤새도록 찾다가 지쳐서
구겨 던진 목련은 종이 뭉치
안으로 삭인 고통이 각혈로 번진다
붉은 리본을 기침 끝에 매달고
서로 한 번 포갠 적 없는 두 나무 그림자
마주 보는 눈빛
닿고 있다

4

사랑비

아프다는 비명이 없어야 사랑비다
이파리에 맺힌 물방울
한 번 더 두드려야 사랑비다
꽃망울 입을 열어야 사랑비다
간신히 고개 든 꽃술
안쪽을 적셔야 사랑비다
보도블록에 떨어진 빨간 꽃잎
둥둥 띄워야 사랑비다
늘어진 거미줄 적시고 모자라
거미의 아랫배까지 적셔야 사랑비다
연못 개구리 낳던 날
다시 알집으로 되돌려야 사랑비다
같이 쓴 우산 속에
두 겨드랑이 다 적셔야 사랑비다
젖을 만큼 젖은 사랑
새순 피우는 것 또한 사랑비다

어두컴컴한

새벽 골목길을 뒤적이는 등 굽은 할머니
아직은 돌아갈 수 없다고 쓴 아들의 편지를
노간주나무에서
가장 먼저 잠깬 참새가 읽어주자
리어카를 밀고 다음 골목으로 접어든다
일찍이 간 영감의 소포가
이끼 마른 보도블록 위 서리로 내려앉아
수레의 바퀴는 자꾸 헛구역질이다
가끔은 이거 가져가 잡수세요
이웃들이 제사떡을 쥐여 드린다
손 고운 보시는 또 다른 보시로 이어져
받아든 떡 귀퉁이 한 점 떼어내 참새에게 건네니
다른 이웃에 재잘댄다
햇살이 문을 여니
어둠이 자리를 피한다
그래서 모여든 흰 파지들은
살짝 언 눈 위
골라 밟을 바퀴를 눌러주고
밤눈 어두운 길도 밝히고 있다

혀가 입술을 고발하다

숨어 있던 혀가 입술에 닿으면
정을 낳고 사랑을 낳는다
정과 사랑이 자라면
새로운 향이 번져간다

혀와 같이 주고받은 것 접지 말아야
정과 사랑이 함께 살고
함부로 윗입술이 아래로 내려올 수 없다

덧붙여서 한 말이 되돌아오면
혀 밑에 도끼 들었다라던가
입술이 먼저 알고 있는 것

종교 이데올로기 민족주의 테러리즘도
혀와 입술 정다운 둘을
다른 입술이 덧붙이기로 보태져서
세상을 시끄럽게 만드는 것이다

천근의 무게를 만드는 입술연지
한 근쯤이라도 되어 달라

혀는 쉬지 않고 오늘도 입술을 고발한다

허기 虛飢

등에 배꼽이 당겨지니
굴러가던 수레가 뒤로 가는 것 같고
머리는 흉년에 설거지한
빈 개수대 같다

이마에 맺힌 이슬이 잎맥의 길을 막자
쪼르륵거리던 창자가 맞붙어
써까래 앙상한 천장은
거미처럼 잠든다

동여맨 띠가 허리를 눌러도
저 혼자 펄럭거리는 바짓가랑이
길갓집 살평상에 등을 뉘었으나
흐르다 멈춘 구름이
한숨을 내뱉고 간다

허기로 감은 눈꺼풀이

저절로 뜨이는 것은
아스라한 어제의 사랑이
미루나무 잎사귀 틈 사이로
화살인 듯
빛으로 쏟아져 내렸기 때문이다

지하철

설 자리도 비좁던 정오의 지하철
흰 눈썹 계급장 단 할아버지는 단호했다

만삭의 여자 먼저 앉히고
노약자석 눈 감은 젊은이
일으켜 세우는 그 할아버지

길게 누운 남자 어깨 흔들어
집에 가서 자그래이 깨워 놓더니
젊은 남녀 아랫배 붙인 동작
그만 떨어지라고 손가락으로 보내는 신호에
두 남녀 움찔 앞 칸 문을 연다

그렇게 정오를 지난 지하철은
어느새 저녁으로 들고
그 할아버지 자리에 내가 서고 보니
더 큰 계급장을 달았다고 한들
턱턱 말문이 막힌다

스마트폰 놀이에 빠진
차 안의 사람들

분수대로

시계의 시 분 초침은 같은 방향이다
정해진 속도로 자기 일을 하지만
만물은 소생과 적멸의 순리를 따른다

달과 별은 인간에게 꿈과 어둠을 헤쳐주고
지구는 생물의 태동을 위해 풍우를 조절하지만
시공에 집착하지 않는다

사람의 발길이 닿지 않는 숲속
새와 짐승 곤충과 식물들
타고난 제 분수대로 살다가들 간다

영장을 자칭하는 인간은 복된 이 땅에
조용한 날을 하루도 주지 않는다

타고난 분수대로 살게 둔다면 그것이 낙원이요
천당이 될 터인데

아침의 의문들

서西로 닫힌
커튼을 동東에서 열어젖힌다

크고 벌겋게 웃던 얼굴이
동그랗게 작아지는 동안
세상의 창문들은 부산스럽다

얼굴을 세숫대야 안에 넣으니
저녁에 씻은 때가 아침 물을 흐린다
온전히 살았다 할 하루를 씻고
긴 밤 빠져든 꿈결에서
문밖의 오동나무처럼 나는 흔들렸나 보다

정신의 기둥은 더 맑아져 있을 것이나
이파리들을 씻겨주는 이슬이 정겨운 걸 보니
그렇다, 그게 아침이다

할아버지는 조간신문을 넘기고
머릿기름 바르는 할머니는 거울 앞에 있고
유치원 가방엔 참새가 재잘거리니
여기가 아침이 맞긴 맞다

어디론가 밖을 향해 걸어갈 구두는
윤기 나는 약을 더 발라 달라 하고
멍멍이는 따라오며 꼬리를 흔든다

부엌에서 갓 끓는 된장 뚝배기를
해의 밥상이 받쳐 드니
보이지 않는 힘 불끈 솟구친다

심심초

부싯돌에 번개 치니
대통 속 불이 일고
긴 설대를 지나는 엽연초 연기가
미각 후각의 골짜기에서
맞이한 환희의 순간이다

장거리 버스 안
할아버지 곰방대
등에 업힌 아기 잠 깨우고
댕기머리 아가씨 손수건 흔들고
할머니 코끝에 스치는 엽초 향은
아지랑이 속으로
그렇게 버스를 밀고 갔다

일 마치면 너를 찾고
말다툼하다 서로 불 나누고
기다림이 지루해 화가 나도

글을 쓰다 머리가 뒤숭숭해도
독방 신세 심심풀이로
환영받던 너

이제 백해무익하다
떼몰이꾼에게 천대받는 너
구석구석 금연구역에 벌금 내고
값 올리는 억지에 몰렸으니

긴 세월 흘러온 담배가
고초의 시간에 들었다

생선가게

한 마리 더 얹어 줄게 사이소
이건 참말로 생물이라예
좌판이 즐비한 어물전 앞
호객 소리에 장바닥은 익어간다
생선도 시위하는가 누워있다
바다로 아니면 부엌으로 보내다오
몸을 세우려 해도 구부러지는 할머니
일어서면서 토하는 소리
아이구 허리야
손이 시키는 대로
칼이 따라가는 것 같지만
어찌 보면 손이 칼을 따라간다
명태가 일정하게 포를 찍히고
마르는가 싶던 오징어도 꿈틀거리는 다리 끝
파장이 되어 전을 거두는데
떨이 외치는 아줌마 가냘픈 소리에
이때 등장한 얼굴 깨끗한 아줌마

이것 얼마지요 말없이 가져간다
매스컴 더럽히는 가짜 선량들 힘 선 목줄보다
같이 살자는 생선가게 소곤거림에
맺힌 가슴 시원하다

발의 하루

오일장 행차가 있었다
오므리는 엄지 근처에서
진격명령은 내려졌고
말 탄 장군 뒤를 허둥허둥 쫓던 발
어두운 굴속에서
천근처럼 눌리는 아픔
보병이 흘리는 눈물을
이제 무엇으로 만져주어야 하나
더는 낮음이 없는 바닥
누가 탐낸 적도 없는 하루의 연이
왼발에 오른손에 물을 안고 온다
눈물이 강물로 흐를 때
오므린 발가락은 열린다
손깍지 장단에 물놀이하는 발바닥
내일의 장터는 가까우면 좋겠다
세월 따라 걸어온 발등이니
마사지 크림 흘러 스미게 하고

우뚝 선 발목장군
다섯 초병을 앞세운 발톱에는
반짝이는 별을 앉힌다

모정의 그늘

길 가던 여인
길에 넘어진 아기 일으켜 세워
손수건으로 눈물 닦아주고
핸드백에서 밴드 찾아
손가락 호호 불어주는 마음

약전 골목 갓길에
아기 업고 비 맞으며 서 있는
비녀 꽂은 어머니 동상
가물가물한 기억 속의 내 어머니인 듯
쓰던 우산 내어주고 가는
젊은이 마음

조금씩 가라앉는 세월호에서
수학여행 떠난 아이가 보낸
어머니 사랑한다는 문자 메시지에
턱턱 숨이 막히던

그날의 마음

글이나 말로는
다 밝힐 수 없는 어머니 마음

동동주를 마신다는 것

약지로 휘저은 뭉게구름 속
그리움 깊어 동동 뜨는 눈
고향하늘로 보내고 싶다
아랫마을 윗마을 살구꽃
숨바꼭질로 왁자하던 고샅길
논 마르면 마주 보며 물 푸던 웅덩이
꼬물거리던 미꾸라지들은 잘 있는지
밭에 심은 감자는 누가 캐는지
가서 보고 오라 하고 싶다
약지가 퉁퉁 술기운에 부풀면
소 먹이러 가던 뒷산 바위 밑 서리 터
꺼뭇하게 그을린 돌들은 여전한지
어깨에 책 보따리 메고 뛰던
꼬부랑 이십 리 길도 잘 있는지
꼼꼼히 살피고 오라 하고 싶다
뭉게뭉게 일어나는 밥알의 생각
서당 선생님 동리 어른께 드리는 인사처럼
정중한 뭉게구름의 보고서에
오늘 한 번 더 취하리라

노숙

세월 따라 변하는 게
하도 많다
국화도 시시 철철 핀다
군자의 절개를
닮은 국화
이제는 아무 데서나
볼 수 있다
첫서리 맞으면서
만향을 뽐내던 국화
차와 술에
꽃잎을 얹던 국화
안쪽이 닳은 운동화
발가락 자리에 남긴 국화
달성공원 서쪽
담 끝자락에서
마른 국화 섶 곁
한 사내도
낮잠 든 국화다

대장간 학당

어릴 때 아버지의 심부름으로
벼린 낫을 찾으러 대장간에 간 적이 있다

하나의 낫이 벼려지는 동안
내 생 또한 그렇게 벼려지지 않을까
고민하게 하던 그 대장간에선
무쇠덩이가 풀무 따라 시뻘건 불 속에서 나와
장단의 망치에 납작해지고 있었다

점점 기역자가 되어가는 동안
달군 쇠가 물속에 몇 번인가
머리를 박고 나서야
나무 자루의 연기를 들이마시며
숫돌에 제 몸을 갈고 있었다

왼손잡이의 날을 가졌든
오른손잡이의 날을 가졌든

낮이 날을 가졌다는 것만으로
풀과 나무들은 겁을 낼 것이다

내가 기역자를 아는 것처럼
그 어릴 적 아버지는 내게
다가올 한 생의 서늘함을
낮의 날을 통해 보여주신 것이다

난蘭

가냘프게 보이지만 시원한 잎
사방으로 쭉 뻗는 유선형이다
계절에 쉬지 않고 언제나 푸르름
군자의 절개인가
움직이는 것 같지만 떨림은 없다

비싸지도 않으면서
잡귀를 쫓는다는 길함의 대명사
꽃 중의 꽃으로 귀염 받는 동양란
승진 영전 당선 등의 축하의 상징

꽃대 솟는 그 자태
기다리던 마음에 안겨드는
연인인들 저러할까

서로 먼저 피어나라고 일곱 열매 속삭인다
두 꽃잎 앞으로 뻗고 두 잎은 뒤를 날리고

머리 위 꽃잎 하나 천 리를 바라보니
덩달아 숨긴 자태 남김없이 드러낸다

나무꾼에 몸 맡기는 맨발의 선녀랄까
우주비행선에 오른
꿈속의 선녀 같다

해설

청산을 휘돌아 흐르는 물길의 서정언어

박 윤 배 | 시인

1.

하나의 물길이 여덟 번을 고쳐 흐르는 동안 삶의 언저리는 얼마나 많은 변화가 있었을까. 그래도 각인되어 지워지지 않는 기억이 한 시인의 시에 보석 같은 언어로 남게 된 그 결과물이 곽태조 시인이 이번에 상재하는 시집일 것이다. 물론 수필가로서 시인으로서 이미 수필집을 가지고 있는 그이지만, 산문과는 다른 운문에서 만나는 언어의 결정체들은 그 빛깔과 농도가 달라서 시를 읽는 이로 하여금 심연으로 끌어당기는 그의 자장은 큰 흡입력을 가졌다고 할 것이다. 순간의 정지를 바탕으로 그려낸 그의 체험들에 상상력이 보태어지면서 시 속에서의 시간은 농경사회 대가족 중심의 세계관에서 현재에 이르기까지 다양한 삶의 거처에 따른 변화들을 한꺼번에 녹여낸 것이 연조가 깊은 시인이 처음 세상에 내어 놓는 첫 시집임에 그 특징과 가치는 충분히 남다르다고 할 수 있다. 마치 100년에 가까운 역사책을 앞에 둔 느낌이랄까. 아무튼 이 시집을 읽는 독자들은 짐작으로나 가능했던 과거의 시간과 현재의 시간을 동시에 만나게 되면서 시간이 주는 변화의 흔적들을 타임캡슐에서 꺼내보는 감동을 느낄 수 있겠다는 생각이 든다.

곽태조 시인의 시는 사회적 인간이기 이전에 자연의 한 부분으로서의 자연친화적인 태도에 바탕을 두고 있으면서 서구의 시가 우리나라에 들어올 무렵의 초창기 낭만주의적인 시부터 리얼리즘적인 시를 지나 모더니즘과 포스트모더니즘에 이르기 까지 모든 시의 시론을 뭉뚱그려놓으면 아마도 이 시집의 시들과 유사하지 않을까 싶다. 어떤 시는 내면정서를 시적 매개물을 통해 쓴 시가 있는가 하면 어떤 시는 눈에 보이는 현상이나 상황을 통해 자신의 내면으로 들어가 과거의 기억을 반추하는 등 이해의 통로로 들어가는 다양한 길을 가지고 있는 것이 그의 시의 특징이다. 그러면서도 상태감정을 구체적 형상으로 바꾸어놓은 시인의 시들은 굳이 따지고 보면 순수서정시에 갈래를 두고 있음을 이해하게 된다. 억지로 꾸며진 시가 아닌 살면서 만나는 상황에 울컥하면서 회상을 만나고 추억하고 오늘을 견디고 내일의 희망을 노래하는 시인의 정신은 고난의 오랜 세월을 건너오며 느끼고 바라본 안목에 의해 침묵이 되고 더러는 진술이 되고 있다.

이미 그의 혼령이 태동시킨 시의 씨앗은 "시는 시인에 의해 창조된 독립된 존재물이며, 시의 감정은 수없이 다양한 정서를 띠게 되고 일상의 감정을 넘어서는 것이어야 한다." 곽태조의 메타언어에 초창기 순수시 이론을 정립한 박용철의 말을 빌려 이해의 다리를 놓아보면 진실, 진정한 정서와 감각을 한 차원 더 넘어서는 언어적 표현으로 시를 형상화해야 한다는 순수 서정시론에 가닿는다.

2.

오랜 시 창작의 결과물인 한 권 분량의 시들을 어떻게 읽을 것인가, 고민했었는데 4부로 분류된 것을 보니, 전체적인 색깔은 순수 서정을 바탕으로 하고 있으면서도 뭉뚱그려 읽기보다는 편하게 1부는 동심의 시각으로 쓴 시들을 모아 놓았음을 알겠다. 세상에는 많은 시인들이 있고 나름 개성적인 시들이 있지만 그러한 시인들의 초심이 바로 때 묻지 않은 어린 눈에 비친 반영의 결과물들이 아니던가. 그렇게 시는 호기심이 점점 확대되면서 삶의 그늘과 어둠의 구석 혹은 마음의 상처에게까지 미학의 촉수를 들이민다. 결국 임종 직전에 이르러서야 일가를 이룬 시인들은 다 시 동심의 순박하고 단출한 언어 몇 줄을 놓지 않던가. 이처럼 시집의 갈피 넘기면 앞쪽 1부에 배치해 놓은 어떤 의도가 미루어 짐작된다.

곽태조 시인의 시는 어렵지 않거니와 누구라도 이해가 쉬운 언어를 매개로 시말을 이끌어 가고 있어서 사실은 해설을 붙인다는 게 여간 민망한 일이 아니다.

죽도 세끼 못 먹어
부황난 사람을 본적 있다 했고
너는 춘궁기 찐보리
덜 대낀 밥도

배부르게 못 먹었다 했다

삼베 보자기 덮은 대소쿠리 꽁보리밥
여름 찬물에 말아
된장에 풋고추 찍어 먹고
누가 뀐 구린내에
서로 쳐다보고 웃었다 했지

초가을 급히 베어 만든 찐쌀
방귀 질나자 보리 양식 떨어진다는 건
가을 들판을 두고 하는 말이었지
조밥 기장 배추뿌리 물김치
주린 배를 채웠다 했지

피자 통닭 시켜주어도
봄날 입맛 없다며 밀쳐내는 손자 녀석
이제 옛날이야기는
그만하시라는 듯

먹지 않고도 배부르다 한다

  –「그만하시라는 옛날이야기」 전문

  피자나 통닭 같은 음식을 앞에 두고 시인이 떠올리는 배고
프던 시절의 음식들 춘궁기 찐 보리쌀이나 꽁보리밥 조밥 기
장 배추뿌리 물김치 등은 아마도 시인의 뇌리에 남아있는 한
시절의 음식들이다. 요즈음에야 이런 음식들이 건강식으로 귀

한 대접을 받지만 어린 손자에게는 생소하기 그지없다. 먹거리 대상 또한 세월에 따라 바뀌었듯이 시인들의 시도 시절의 입맛에 따라 바뀌었음에도 곽태조 시인의 동심 안에 각인된 음식의 기억은 지워지지 않는 것이다. 그러니 손자 아이는 옛날이야기 그만하시라는 것 아니겠는가. 시인은 그만하시라고 해도 시인은 하고 싶은 것이다. 손자와 눈높이를 같이하고 싶은 것이다. 어른의 마음이 아닌 어린 아이의 눈으로 어린 시절의 기억들과 어른이 되어서 현재 만나는 복잡한 현대 사회의 지적 정황들도 모두 맑은 심성으로 담아내고 있는 것이 1부의 시들이다.

> 바람 되고 싶은 내 마음을
> 청보리밭 위로
> 띄우고 싶다
>
> 몸을 떠나 종다리로 떠도는 마음이
> 새벽녘 선운사 풍경 소리 듣다가
> 공양간 보살 졸던 고개 들 때
> 마지막 남은 동백꽃에 부리를 묻고
> 공양드리고 싶다
>
> 먼 바람 소리도 잘 들리는 소녀의 귀에
> 책갈피 넘기는 소리
> 들려주고 싶다
>
> 푸른 구름 업고 고개 넘을 때

눈비 골고루 뿌리게 하여
잠든 개구리
깨우고 싶다

센 물결에 이랑 만든 4대강
캄캄한 수초 대궁 흔들어
깊은 시름 줄줄이
지저귀고 싶다

－「종다리 마음」전문

 헛간으로 밀려나 쓸모를 잃은 가마솥도 어머니 젖가슴으로
비유되고 국시 꼬랑댕이를 턱 괴고 기다리던 어린 자신을 국
수에 대한 기억 속에서 만나기도 한다. 또한 상추쌈은 샘가에
서 함께 등목하던 고향의 아이들(동무들)이 그려지는가 하면
진달래꽃을 보면서 봄날 저물 무렵 화전을 부치던 어머니가
보고 싶어지기도 하고 종다리, 개미, 새벽, 종소리, 호박순에
대한 기억 등등이 생생하게 서정시로 형상화되고 있다.
 이렇듯 1부 시들이 동심의 시각에 투영된 시들이라면 2부
의 시들은 책상머리에서 회상으로 쓴 시가 아닌 현장체험을
통해 시인의 내면 의식을 투영시킨 시들로 보인다. 우선 팔공
산 갓바위 아래 식당가에서 먹는 수제비에서 관봉석조여래좌
상에 드리는 쫄을 뭉클하게 만나기도 한다. 이쯤 되면 수제비
에는 할머니 손 냄새가 들었다는, 솔바람 설법이 귀에 쟁쟁하
다는 직관에 이른다. 시의 소재들은 촉각에서 청각으로 미각

으로 공감각화되고 있다. 체험이 이미지로 바뀌면서 시는 억지스럽지 않게 높은 완성도에 이르고 있다.

> 팔공산 갓바위 아래
> 집단시설지구에서 떠먹는 수제비에는
> 관봉석조여래좌상에 드리는 공이
> 단돈 삼천 원에 뭉클하다
>
> 가루를 뭉쳐 싹싹 비빈 수제비
> 우리 할머니 손 냄새가 반죽에 그대로 들어
> 나이 수만큼 먹어야
> 아무 탈 없이 자란다는 솔바람 설법이
> 귀에 쟁쟁하다
>
> 내 아랫배 불룩하게
> 채워지는 공
> 몸 안에 든 수제비는 점점 굴러가며
> 눈덩이처럼 커지나 보다
>
> -「공空 수제비」 전문

팔공산 갓바위, 계룡산 떡갈나무, 공원, 낙동강, 돌하르방, 백두산, 진골목 미도다방, 비슬산에서, 의자의 내력, 칠보산, 태종대, 통영바다, 해 질 녘 치악산 등등의 공간적 시의 배경이 되는 장소들은 시인이게 어떤 영감을 주고 있는지. 발길을 따라 가면서 시인의 생각을 골라 읽는 재미를 주고 있다.

3부에서는 날씨나 기후 절기에 따른 시인의 민감한 미학적인 촉수는 어떤 언술로 드러나는가. 오전, 오후, 저녁, 밤 그리고 봄, 여름, 가을, 겨울이라는 시적 배경과 쨍쨍한 날, 흐린 날, 비 오는 날 등등에 따라 기상 캐스터보다 더 민감한 시인의 반응을 볼 수 있다. 지구에서 인간이 오랜 영장류로서의 위치를 지켜오면서 본능적으로 중요했던 것이 기상일 것이고, 농경사회에서 태어난 시인이고 보면 더더욱 날씨와 관련된 반응들은 서정시의 중요한 요소임에 틀림없다. 곽태조 시인 또한 그러한 민감한 반응들을 3부의 시 여러 편에서 녹여내고 있다.

담장 위를 훌쩍 넘어온
꼭대기 간지러운 미루나무 그림자가
닭장 둥지 알 품듯 구름을 품어
저절로 낮달은 부풀어 올랐다

삽살개 귀 베고 눕자고 졸랐다

모녀 누운 대청마루에 와서
감나무에 붙은 매미 향해 드러내는 늙은 치아
살며시 손부채 내려놓은 나는
나무의 뿌리처럼 잠들 것이다

마당에 파놓은 작은 연못
늘어선 갈대 속에 눈감은 송사리들
통통한 아랫배 속에도 들어가 볼 것이다

낮달이 가끔 기웃거려 삐걱거리는 봉창
제풀에 놀란 삽살개는 꼬리를 감추기도 했지만
사랑채 할아버지 목침 뒤집히는 소리는
용케도 아는 것처럼

누구도 방해하지 않을 내 낮잠은
털갈이하는 삽살개
가려운 등도 살살 긁어 주리라

－「낮잠」 전문

바람도 자던
연분홍 치맛자락
두견화전 봄놀이 나온
부녀자들이 펄럭펄럭
너도 나도 나비춤을 닮아갈 때
바다 건너 들판 넘어
지지배배 돌아온 제비들
나래 옆에 겹겹이 끼고 온 박씨
등 너머 새 흥부네 집 찾아
솟구치며 노래한다
어미 배는 자꾸 불어나는데
언제 새집 지어 쉬게 할까
수제비 애타는 사랑도 지지배배
써레질 논흙 한입 입에 문 제비 부부
쉴 새 없이 논둑을 드나들어

처마 밑에 둥지를 튼다
치맛단 부푼 부녀자가
화전을 뒤집어 굽는 동안
젖어있던 제비집
절반은 말라 간다

– 「삼짇날」 전문

　위 시 〈낮잠〉은 계절이나 시간이 겉으로 드러나 있지 않으면서 제목이 이미 낮잠이니, 점심을 먹은 후의 오수에 든 시간일 것이고 계절적인 배경은 아마도 여름의 막바지일 것으로 추측된다. "꼭대기 간지러운 미루나무 그림자가/닭장 둥지 알 품듯 구름을 품어"와 "감나무에 붙은 매미 향해 드러내는 늙은 치아"로도 여름의 막바지 가을옷 갈아입는 삽살개를 연상하기까지 전혀 이해에 불편함이 없다. 또한 제목이 이미 삼짇날인 위의 시는 또 어떠한가? "두견화전" "써레질 논흙 한입 입에 문 제비 부부"가 삼짇날의 정황과 맞물리면서 "치맛단 부푼 부녀자가/ 화전을 뒤집어 굽는 동안/ 젖어있던 제비집/ 절반은 말라 간다"라는 알레고리로 마무리하는 시인의 언어 조합능력은 기후나 기상이 주가 되는 게 아니라 시의 배경에 계절의 아우라를 두면서 맥박이 살아 있는 서정시의 백미를 잘 보여주고 있다.
　나머지 〈겨울 수채화〉, 〈가뭄〉, 〈감자이야기〉, 〈거룻배 갯벌에 발목 잡히듯〉, 〈고향 잎산〉, 〈군불〉, 〈늦가을 그림자〉, 〈복더위〉, 〈봄비의 악보〉 등등의 시들도 제목이 주는 울림은 평이

해도 시안 에 들어가 보면 결코 예사롭지 않은 직관과 알레고리의 장치들을 숨겨놓고 있다. 이렇듯 기후에 관련된 기억들을 떠올리는 그의 시들은 과거의 회한이 과거로만 남지 않고 현실의 상황과 대비, 혹은 대조되기도 하면서 제각각 온도와 습도를 달리하고 있음도 눈여겨볼 필요가 있다.

　4부의 부의 시들은 1, 2, 3부의 시와 이미지 조합의 측면에서는 연장선상에 있는 시이긴 하지만 연륜에 의해 나름 일상의 삶을 깨달음에 경지로 바라보고 일갈하듯 시말로 내뱉은 시들이다. 꼭 그렇지는 않더라도 현실 고발적인 요소도 있다. 그러나 다행인 것은 고집이나 아집이 아닌 제시로 볼 수 있는 정도다. 아마도 교훈적인 목소리를 높였다면 서정시로서 읽는 재미는 반감될 수 있기에 그나마 다행이다.

　　　세월 따라 변하는 게
　　　하도 많다
　　　국화도 시시 철철 핀다
　　　군자의 절개를
　　　닮은 국화
　　　이제는 아무 데서나
　　　볼 수 있다
　　　첫서리 맞으면서
　　　만향을 뽐내던 국화
　　　차와 술에
　　　꽃잎을 얹던 국화

안쪽이 닳은 운동화
발가락 자리에 남긴 국화
달성공원 서쪽
담 끝자락에서
마른 국화 섶 곁
한 사내도
낮잠 든 국화다

–「노숙」전문

3.

   달관했다는 말은 세상을 오래 살았다는 말이 아니다. 집요하게 하나의 일에 오래 매달렸다는 뜻도 아니다. 시 쓰는 일로 평생을 보냈다 해서 세상에 빛처럼 남길 좋은 시를 수백 편 쓴 이도 없다. 현학적인 언어들을 버무려 적당히 조립을 잘한다고 해서 무게를 지닌 시가 탄생되는 것도 아니다. 앞서간 많은 시인들이 그러했듯이 허상의 그늘을 쫓다가 뒤늦게야 동심으로 돌아가는 것이 달관의 경지 아니겠는가. 시는 결국 짧으면서 단발마적일 때 완성되는 것이다. 작고한 시인 중에 김춘수 시인이 그러했고 오규원 시인도 마지막에 남긴 시는 짧았다. 시단의 원로 시인인 고은 시인의 말을 빌리면 사람은 모두 태어나면서 시인이고, 마지막 임종하면서도 시를 쓰고 간다고 했다. 태어날 때 "으앙!" 울음으로 시를 쓰고 죽을 때는 "윽!"

숨을 내려놓는 그게 시라는 말처럼 달관으로 가는 길은 고된 삶의 길을 사랑과 상처와 욕망과 절망의 늪을 헤치고 나아가다가 붙잡고 있던 것들을 하나씩 내려놓으면서 어린아이처럼 맑아지는 것이다. 시 창작의 시작과 끝 또한 그런 것 아니겠는가.

아무튼 곽태조 시인의 시는 맑다. 맑아서 순수서정시이다. 시를 쓰는 시인의 호칭 앞에도 순수서정시인이라고 붙이는 게 맞겠다는 확신이 이번 시집에 실린 시를 보면서 확연해졌다.

일찍이 미국 시인 로버트 펜 위랜Robert.Penn.Warren은 다음과 같은 요소들을 배제하면 순수시라고 했다. 1) 관념, 진리, 일반화된 의미 2) 명확하고 복잡한 '지적인' 이미지 3) 아름답지 않고, 불유쾌한 혹은 불투명한 재료 4) 정황, 이야기식의 논리적 전환 등등에서 말하고 있는 요소들과 거리를 두고 있는 곽태조 시인의 시는 정서적 노출이나 수사적인 소음에서도 나름 외과 의사적인 칼을 들이대고 있다. 형상화된 이미지로 이야기하려는 태도는 결국 설명이 배제된 압축된 형태를 요구한다. 좀 더 욕심을 부린다면 상징성 암시성을 어떻게 이미지 안에 수용할 것 인가에 대한 고민이 보태어진다면 좋겠다는 조언을 드린다. 다양한 경험을 설명하듯 다 말하지 않으면서, 이미지와 결합시키면서 시인의 세계관을 드러낸다는 것은, 모든 시인들이 머리 싸매고 끙끙 앓는 과제일진대, 오늘날 우리 시가 산문으로 흘러가는 것도, 이 문제를 해결하기 싫어하는 시인들의 한 방편일 수도 있다.

　아무튼 새로 태어나는 손자들은 옛날이야기를 듣기 싫어해도 꼭 붙들고 들려주는 시인이 있어서 다가올 유구한 강물 같은 역사는 또 청산을 휘돌아 더 나은 내일을 열어갈 것이다.